哀仔
林佑霖

波紋窗

哀仔

押花的生長

室內寫生

推薦序

源於生活出於體制的哀歌

須文蔚 · 臺灣師範大學文學院院長

在縱谷裡，我們第一次會面時，你就說要寫一本詩集，名字是《像我這樣的□□》，□□或許如同現象學中所說「存而不論」，對一切可疑之事先與予以擱置，擴大探索的範疇。而你澎湃的詩心正一步步，填入的主角有：待業男子、基隆人、義務役、讀者以及哀仔。

哀仔是什麼？客家人非當面稱呼母親，可是讀畢全書，應當不是獻給媽媽的詩集。你詩中如是描述：「我不是相對的鼠輩／是天涯浪跡／一隻被哀到低處的幼仔」，顯然不是援用客家文化中的稱呼，而是一個新創的用語，從字型上看，哀仔很像是「衰仔」，但定睛一看，跳出一個哀傷與哀痛的人，又比衰仔還少了一根肋骨，再用口一讀，與哀哉諧音。顯然你想為「厭世代」命名，為同代低薪、貧窮與看不見的未來的青年人發聲。

貧困沒有阻擋你追求創作的熱忱，記得一次深夜搭火車回東華，在志學小站下車時，在月台上遇見你領著一個朋友，兩人說要走回租屋處。我約略問了一下方位，知道是在學校後門，產業道路旁田間的小屋，從車站摸黑徒步要走半個小時以上。我擔心嚇壞你來自都會的友人，堅持開車繞著闃黑小路，在一個偏僻的鄉間房舍前，確認了我的猜想。

我的猜想是，你並非喜愛自然生態，讀你的〈田間小徑〉，綠葉叫、鳥吼著、壁虎說話，花蓮的鄉野給你觸目心驚的聲色，「一直走同樣的路／想要迷路在小徑裡」是你的迷惘與追尋，忍受一切的不便利，只因為你不願意在體制中馴服地活著，希望活出自身的價值。〈像我這樣世俗的人〉的詩中，揭露你打工時當過服務生、代課老師、教學助理與替代役，每個階段或有苦痛，或有啟發，但總顯得格格不入，但你以綿延與細膩的長句，反擊你不願融入的社會結構。

《禮記．樂記》中說過：「其哀心感者，其聲噍以殺。」形容有哀傷心意的的音樂與詩歌，樂聲必然是聲音微小而急促，絕無舒緩的感覺。然而在《哀仔》中，縱使如輾轉於溝渠的幼鼠，依舊能以綿長的句子，堅定地說出自身的認同。讀你的〈像我這樣的待業男子〉，表面上是寫當代青年求職困難的徬徨，為文科學生發聲：

中文能力精通，不，尚可而已
中打速度沒計算過，寫詩一分鐘
可以寫半行。其他技能專長只有一小格
剛好容得下兩個字：活著
一件事情做久了，不喜歡也能上手

但仔細推敲你想應徵的是「這間房子」，而害羞地說自己（無法結婚），顯然是一位酷兒以「履歷表」諧擬在情愛上的告白，雖然繼承了父親男性的「職位」，有豐富的社會化經驗，最大的缺點就是身為二十三歲的男人，但你堅持一天可以有十六個小時像自己，當投出這份履歷後，期待「那年你走失的男孩／在收信人的空位佔有一席之地」一語雙關，希望能夠獲得公司的接納，其實是期待因性別認同迷途的男孩，能夠「多元成家」，這樣的寫法固然幽微，但也大膽且具時代性。

你的情詩寫得壓抑與婉轉，你喜歡智利詩人密斯特拉兒（Gabriela Mistral,1889—1957），尤其是她寫給學生與情人康翠蘿．莎蕾娃（Consuelo Saleva，1905-1968）的〈大氣之花〉，兩人廝守相伴由法國移居巴西，激情下的情人是繆斯，詩篇因此而生，但激情也會傷害詩，這首神祕的詩就在節制中成就了巨大的抒情力量。因此「押花的生長」寫下了如熄滅火山的舊愛，雖然花已經乾燥，但內在依舊生機勃勃。〈我還不必要你〉看似自負，其實書寫的是同樣陷入孤獨的戀人，〈我還必要你〉則看似迎向新戀情，其實依舊是孤單的感受，讀者或許迷惑於隱誨與出奇的象徵，我想這不僅是你炫耀詩的技藝，更是你帶讀者到你情愛的「異域」，發出同事異號的哀聲。

音樂與詩歌都一樣，以抒情的主體發展出特殊的世界觀，乃至不同的節奏、意念與情感。記得在許多次你遠行歸來的夜晚，我們為在長桌讀詩與談生活，其他年輕詩人比我更親近你，會把你勇敢跨國追愛的故事，說得生動與浪漫，然後我們讀你寫的詩，我總隱隱想起古人說：「聲之與心，殊塗異軌，不相經緯」。我應當不能把你的哀與樂當成其他詩人一樣情與欲，我願意把《哀仔》的詩篇當作異國的歌謠，縱使是同一個意象，或是同樣的調性，我期待解讀時能以翻譯的態度，再創造出新的詮釋。如此一來，當我閱讀〈登山慾〉時，會看到你在隨著明益老師接近大山時，其他學生關切蟲魚鳥獸，而你的驚喜是記錄下：

陽光如一隻麻雀棲在樹梢
涉過山泉、坍崩山徑、青苔石頭
肉體與靈魂的距離被陽光縮減
一群嬉鬧的男子絲毫沒有注意到
我從他們的頭頂涉過。
健壯的肌、肥美的體、日的宴饗

在此刻成為一種鳥的名字

流淌在立霧溪峽谷中的慾望，以及你意外的目擊與喜悅，確實交織出一首讓人難忘的詩篇。

社會學家會悲觀地分析，臺灣乃至世界各國，階級的流動早就停滯，隨著科技進步，厭世代在1990年代前後，隨著網路誕生，擁有最豐富的資訊與教育資源，在天翻地覆的時代中徬徨，又悲觀地尋找希望。你以嘲諷的方式為新詩集命名為《哀仔》，為時代見證，我更喜歡你在〈像我這樣虛構的人〉裡的奇想，觸及後資本主義的未來：

螢幕上兩眼瞪著，瞳孔分明
AI偽裝假人，替入場者規劃路線
商店裡貨架高潔，燈光美白鏡頭

生活由此自動升級。電視頻道切換
失業率、社會案件、世紀病毒
輪番上陣，遙控器攪動腦波
癱坐單人座沙發，下班到家的軀體
秤斤秤兩地接收惡意（以及一定劑量的
善意）臉書轉發遠方消息
平價蛋糕頂著草莓鮮甜
讓時代被蛋糕叉分開
我們逢人就說，最壞的時代
已經過去了……

你以批判式後人類主義的角度，嘲諷了科技增能與商品化社會的美好，也提醒了人們遭到控制與傷害的日常，把議題的開發從當下的現實，更推往了未來的思索，值得反覆推敲。

你的《哀仔》是這一個世代詩人中，難得一見的力作，因為你深知：「我從沒，從沒見過繆斯／她此刻正在我門外來回踱步，沒有敲門／我知道，她從不自大門進來」。你持續脫離體制，在社群網站上鬻書維生，相信真切的生活與書寫會帶給你養分，追捕到獨特的靈感，唱出專屬於厭世代的心聲。

名家推薦

此生的情節在劇場中坦露，光線漸亮，主角說起人如何成為男性，或者抵抗。在林佑霖這裡，「心」是永久的命題，一顆臟器在哀仔的體內作痛。他自由的調度繁複的物象，有時馬格利特，有時卡瓦菲斯。詩是一種透視法，把自身重繪在無邊的地圖上。

——李蘋芬（詩人）

佑霖是這個世代的抒情能手，他的延綿來自於對修辭的斟酌，一點一滴縫綴起迷人的腔調；如果說詩人的第一本詩集都在談論愛與慾望，那麼這本詩集想討論是，在一段難以言說的關係之下，到底有多少種哀的形式論。

——曹馭博（作家）

「哀仔」之言哀，是時代性的哀愁，是詩人在日常身分的流轉之中忍不住的詰問，猶如以詩進行一場工程浩大的自我建構，哀到低處，開出花來。

——崔舜華（作家）

詩人以哀仔現身，文字以大衰小衰以篤定以企盼以惶然以無有或若有所得，充滿不能躺著又想躺著的二十一世紀青年時代感。像林佑霖這樣的詩人，或把詩當作可能的信仰。像詩人這樣的林佑霖，確實知曉詩是幻術。《哀仔》成為一本詩集這樣很好。

——陳牧宏（詩人）

《哀仔》誕生於多種（完工／未竟？）的系列計畫，彷彿從窗紋、履歷、波浪的貝殼中站起的維納斯，且不停重複站起的動作。讓人想起極多產的臧棣，或也許不那麼多產的張繼琳，對自己不厭其煩地進行摘要與回顧。它卻是佑霖的第一部詩集，使我對此一現象更感興趣——無論是走兩步退三步的自我剔淨，或對海市蜃樓的虛構狂熱——兩種都形成了某種漂亮的騙局。在兵分眾路的同時，（較世故的？）讀者亦不難辨識其中，可能搜刮了誰的家紋與甲胄（或仿擬）。向《哀仔》的前身「浪漫主義狗崽」致敬，我會說它是一隻藏身於二十世紀世界詩歌大方向，與當代臺灣詩歌小傳統，雷龍、三角龍、偷蛋龍之間的一隻小變色龍——那是在（博拉紐語境下的）浪漫主義狗後，加上奶「崽」的遲疑與張望。難道不就是他形容，雨絲織成巨大的「鏡子」，卻「不斷漏接／從天而降的人」？

況且佑霖不只有雨絲，還有紮實的金線——一種讓我特別欣羨（卡瓦菲斯一路的？）筆調——在一首由等待與叩問出發，卻無疑擄獲了繆斯的詩中。

——陳柏煜（作家）

《哀仔》是一本像瀕死經驗的詩集。不是說人在死前，腦中會閃過跑馬燈嗎？這書大概就是林佑霖這樣一個年輕的，困頓的，不斷和回聲對話的，不可避免選擇成為獵物的，企圖成為蛇的小蟲最後化為蝴蝶的，清水一樣的人，折射生活最晶亮的那些片段，聚光成火，瀕死那刻燃起來的一切畫面。我衷心希望他寫完這些詩後就活過來了，因為這世界永遠會需要一個像他這樣的人。

——湖南蟲（作家）

這是我們這一代最勇敢的詩歌，一系列高度風格化的詩作出入於寫實與幻想之間，兩者相互激盪滲透，幾乎不畏嫌隙。《哀仔》同時保有俄羅斯白銀詩歌的謙遜與熾烈、節制與不羈，且具備堅實的藝術自省，使本該纖弱的抒情體式，煥發出明亮的聲勢與體格，小號般低迴不已。詩人亦不畏跳接、迅猛的意象，不畏語言的加速與晦澀，直奔有情與自愛的本質。孩童般的明眸與淚目，始終，有可愛的唇齒，看似輕鬆地化解，幽迴騷動之下，未嘗不飽含深刻的機鋒。

——蕭宇翔（詩人）

輯一
波紋窗

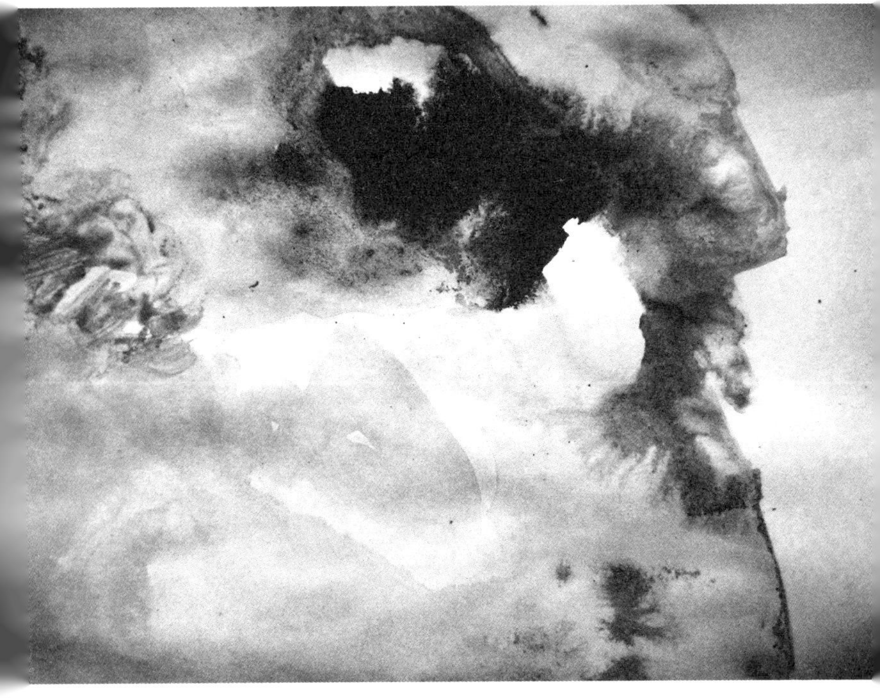

子時

遲來的馱馬在子時敲門
用蹄子規律地敲打月亮

右眼的債主前來取回它
只能將左眼用於抵押

兩只左眼並不妨礙行走
黎明拋棄了馱馬

坐上沒有鞍的馬背
馱馬此時是真正的馬

蹄聲與月亮融成一道刀光
耳朵給了它們各自的屋子

風加快了腳步
儘管沒有任何目標

毀壞的右眼在口袋裡滾動
黑的瞳仁總是朝上

有什麼比黑夜的馱馬
更安靜的寶物嗎？

荼蘼花燃燒著白的閃光
唯有遠方能澆熄它

巳時

陽光擦亮了空氣
山巒浮現出五官

印象派的樹
美術館般展覽

時間剝落的細塵
在光柱中捲起

被它掃過的人
還原成孩童

枯去的尾枝
聖火傳遞

將世界調到最大亮度
影子都淡去一些

丑時

銀的鐵馬被子彈擊中
滿天的死星星
任意變形的月亮

送葬隊伍是地上的銀河
流淌進無風森林
空氣裡堆滿夜鶯的屍體

樹影在夜晚裡褪去了衣物
裸的年輪看不見愛
環頸雉在白日跳舞

便利店的窗玻璃透著光
隔著兩層玻璃的冰箱
伸出一雙冰的手

馬蹄成了靜止的輪子
黑揪住衣領上第一顆扣子
銀色補了兩槍
一動不動

氣味是神的前戲
不再變形的月
打破所有光的椅子

戌時

雨聲穿過玻璃
一針一針
將我的手臂與窗簾縫上
黑色的噪音
纏繞著我

巨大的黑背著我
摧毀了月光

中空的胃
期待著墜落

被水包裹的景色
比白天更容易滑動

申時的孩子朝著我喊：
你知道
可以把命留到下回合嗎？
聽雨聲擊落世界

不需要繩子
我也可以一直躺著

和諧的眾天使

起皺的神
熨燙光明

暗中的男子
輾轉不前

天使卸下聖歌

保有喉嚨

心懷雲母
守候光明之地

有風鼓起
鳥找回天空

午寐不醒的燈
借我和諧的裝飾

金銀之上，全然的居所
不敗的眾天使在歌舞

晨練

從起身的一刻，修行就開始了
沐浴盥洗，裝扮外在，擦亮內在
以昨日的姿態重新登場
陽光很新，蓋住世界的舊

推開大門，晴朗的天氣正要打開
清潔婦揮手打招呼

街巷的老，收在黃色塑膠桶
從虛掩的桶蓋探出葉子

太陽的指環套在樹上
幾隻雛鳥噭噭待哺
枝葉擋不住呼喊的聲音
一隻鳥，或者兩隻正在回來的路上

抬起頭望向天空
看白雲的皺褶被風攤平
趁現在一切明媚
我哪裡都不想去

異邦

——記〈革命前夕的摩托車之旅〉

該如何去懷念
一個你不知道的世界
從文字與聲調，以及歷史的
淵源，還是牆面淺淺
一橫橫風的雨的槍彈的痕跡

路就到這裡，沒有任何人
知道路的去向

前方光影明滅不定
路在霧中，風沙輕輕撩上
探入口腔鼻息之中
選擇聲帶棲息
繁衍相似相非的語
音以及唇的動作
失語的人能抵達何處
路的盡頭，被安排妥當的結局
夢的甦醒以及我們最後的
命運，就快要
就快要抵達

何方

身處在異邦的路上
如此熟悉，泥濘之中
燃燒的靈魂，漆黑炭火以及
沾染以病本身作為一種病之病
騷動混亂的長夜中
你看見了一條
路以外的路

用眼睛交換眼睛
用鮮血交換鮮血
你想像中的異邦
有了一條真實的路

透明習作

細微的絲在空中織著
一面巨大的鏡子
不斷漏接
從天而降的人

滅亡的時刻

「我們的衣服半敞開著——我們穿的不多：／神聖的六月正在燃燒」

——卡瓦菲斯〈停下來〉（黃燦然譯）

停下來，讓奔騰的夜晚
套緊它的韁繩，不再拉扯
風的鬃毛與肌膚
在黎明重新開始之前

停下來，讓汗涔涔的衣襟
得到喘息，扣緊每一顆鈕扣
使裁縫再一次見證他造物的本意

停下來，為即將燒盡的六月
添些柴火，讓神聖維持
火焰裡灰燼撥動，被燒毀的
今晚都能拼湊回來

依偎著僅存的六月
愛的真實，能否在滅亡的前一刻
伴隨著輕柔的木樨花香
在多年以後，讓一切真正地
停下來

錯覺的航行

無錨的船
錯覺的航行
麻痺的眼球
纏繞的手
火焰的心

念頭的燃燒

沙啞的歌
翅膀的老

鋒利的刀
洞窟的決絕

礦物的關節
亡故的舵

遠方的烏雲
咫尺的雷電

無人的船
錯覺的航行

獵人／物

「傍晚的光線金黃而遼遠，／四月的清爽如此柔情。」

——阿赫瑪托娃（晴朗李寒譯）

手腕上的銀環
摟住食蟻獸的嘴巴
螞蟻、毛蟲、鏽鐵色的花螳螂
列隊環行於此

四月是華爾滋的季節
進退　旋轉　停頓
趁光還在的時候
再跳一曲孟加拉虎

綿羊毛色的舞裙
左右閃躲著老虎的撲擊
銀環撞擊手臂
形成隕石墜地般的缺口
隨著音樂
鍛造搭在你肩上的手

四月是昆蟲的季節
你不可避免要選擇成為獵物

毛蟲或是螞蟻
樂隊此時吹錯了音符
繞著圓圈跳舞的花螳螂不停下

手腕上的銀環
到底是誰的？
四月是如此柔情的季節
在環狀旋轉的華爾滋中
狩獵與馴服
其實是同一件事

霧鏡

霧氣爬過鏡子
鏡子不說話

不說話是幸運的
幸運的不包括牙刷

牙刷扔進浴缸

浴缸浮起波紋和泡沫
泡沫在門把上乾涸
乾涸的房間潮濕的人

人是意外墜出夢
夢中的馬有沒有馱著

馱著一公斤金子一公斤石灰
石灰失去太陽無法成為月亮

月亮每殺一株星星
星星就一森林一森林地死去

死去是過去的
過去的記憶並不存在

存在不過是一頂無人的帽子
帽子上的字隨時間模糊

時間模糊而毛衣清晰無比
無比是沉默的開關

鏡子上的霧擦了又開
不說話是幸運的

比如牙刷、金子、死星星
無比是鏡子、石灰、脫帽的人

獻花

鐵蒺藜
野薑花
消亡的苦楝氣息

蘋果
腐爛酒香
人類的第一個吻

石楠
不死的腥
第二個吻降臨

未開荊棘
花苞蜷縮小小
走漏香氣

手持著
僅有的獻花
卻無人無物無神可獻

輯二
哀仔

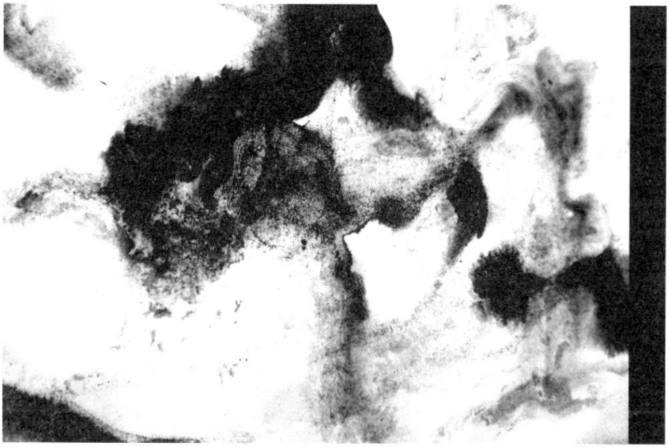

像我這樣世俗的人

大學就學時，在字與字的縫隙間
端起中餐廳的高檔白瓷盤
低於基本時薪的工資
是不是每秒都輸掉自己一點？
拿托盤是有訣竅的，一不留神
鐵鍋向外傾斜，硬擋下的拇指外側
燒出焦黑色澤，那是熄滅的炭

怕水聲外漏，在廁所裡關緊自己

後來讀研究所，學姊轉介了一通電話：
「我們找不到老師，下禮拜就開學了。」
在離偏遠的學校更偏遠的小學
當起代課老師，帶著孩子按圖索驥般認字
這是他們未來一生都在學習的事情
每一個簡單的字都可能需要解說
這是我後來一直在學習的事

也當起助教。大學生和小學生
誰是更好的學生呢？硬要選一個
應該是我。每週讀著教授指定的篇目
給他們出考題：「助教為什麼

不能有其他答案？」於是又學到一點
領著較好的薪資在兩處奔波上課
花蓮的雨穿插在路上，清爽的涼意有時冷

穿起迷彩服，當著比以後辛苦的兵
時薪八塊半，可以拿來投飲料
班長拿著召募表，給了班上唯二的
文科生：「你們考慮一下，三四三四零
找不到更好的了。」我們相識一笑
除了笑沒有更好的言語

終於連零錢也沒有了。手心裡揣著文字
秤斤秤兩能值多少錢呢？多年來緊握的

也終究要找地方賣
也終究要有人願意買

像我這樣的代課老師

正午，一場光源方位的實驗
陽光以高角度取消了窗花
和孩子們的陰影
北方的光照不出東方的影子
步入教室，略過自然課的進度
「同學們，翻開社會課本第九頁。」

三個孩子輪流朗誦課文
平坦。開闢。禽畜。黑長尾雉。
我糾正他們的讀音，一一指出動物的足跡
胸前的V、千元鈔票上的圖案、曾文溪的候鳥
以及小鹿般穿梭的羌仔。平面的生物被文字標記
發不出任何叫聲

「老師，我有獵過飛鼠跟山羌喔！」

箱網在水面上，露出環狀的浮標
我指著窗台上的玻璃缸說：
「一個巨大的金魚缸，在海裡。」
孩子舉手說不懂，海本身不就是

世界的魚池嗎？

「下一課我們來了解台灣的物產。」

蝴蝶蘭占據了扉頁，洋桔梗
附上了注音，教師手冊的備註寫著：
外銷芒果對農藥的檢測更為嚴格
昨日健康課才恰恰提及
芒果有輕微的毒性，對皮膚不好
我摳著自己的掌心

「回家作業就把習作寫到第八頁。」

步出課堂，窗花正漸漸浮現

孩子在教室裡模仿山羌的叫聲
捧著下一門課的教材
找尋不到教室的位置

像我這樣的死者

靈魂的匣子，被生命小心地
呵護了整整一生，而此刻
死亡隨手拎起一把銀鑰
插入鎖孔，動作輕柔、緩慢
甚至帶有百合的香氣
在這最最無明之處，有光
自銀鑰，以及緩緩開啟的匣子

流淌出來，水波般拍打著一切
閃亮的環擴展開來，死亡聳肩
別過頭去在地上塗鴉

隨著生命一同被賦予的
這只匣子，從未有任何人知曉
如何能使靈魂賃居於此
從線條、質地、色澤與溫度
眾人翼翼小心，耗費了大把光陰
在試探自己，與他人的匣子
沒有鑰匙，就無法答案
但依舊不影響解謎的樂趣
解謎需要天分。有人早早

發現了匣子，直到死亡信步前來
還嚷嚷著：「再給我一點時間
我快成為鑰匙了⋯⋯」
也有終其生命，當鑰匙在眼前晃盪
卻遺落了謎題的人
那失落的鎖孔
被不眠的死亡看管

而我，自最初的記憶以來
就收藏著我的匣子
在櫃子最深的暗處，安放著
從未試圖解開，怠惰的風向雞
指引著道路，它知道終點
在前來的路上

光環漸碎，鑰匙也收起了
金屬的色澤，匣子外部的紋路
一一歸位，百合捧起視線
將目光沿著地面，匣子底部，鎖孔
輕放於內側天鵝絨布之中
裡頭除了眼睛，並無一物
空蕩的匣子，積灰的紅絨布
分不清死亡與生命的鑰匙
我一語不發，死亡正要完成它的塗鴉

像我這樣的哀仔

午後陣雨敲打著
鐘聲與白蟻的振翅，讓我們
翻頁。繼續日常的文學課
有幾人因生活離席，並不知道
會不會回來？剩餘的人圍起圓桌
向彼此遞出試卷卻遲遲
沒有動筆，關於文學的社會功效

一道古老難解的謎而我
困於眾人草草掠過的前述：
美學先於倫理學

甚至並非一個問題。太陽
和雲的永恆不需要證明
如此肯定。他人猶疑的目光
是一把劍而我坦露胸膛：
「愛是天上的老虎。」
十八世紀的異教徒早已赦免
火刑架在博物館展覽
看雨被引力扯落，由點
成絲縫紉世界在此
抽象的經驗引領具象的天空

所以你說美學先於
規準。音韻與獨特的象徵
符號了一種（普世的）美
佇足城門，費盡了心
神也難以越過守門的獸。暴虐的
心願緊緊掐住創作的手
如辭彙套緊了意念
這難以捉住的繩使藝術
成為藝術，血色的美
不是動機的刀刃

溝鼠咬嚙自己的影子
因牠在暗中分不清
我與我們。面對鏡子

可怖的不是與昨日相同的
臉而是火爐上那轉叉狗
向前跑，接著，復歸原點
動卻不動。圓的無限
是虛妄的紗。冀望鬼魂
活人與未出生之人指引
以啟迪、暗示與隱祕低語
我不是相對的鼠輩
是天涯浪跡
一隻被哀到低處的幼仔

自然的技法在書頁上延伸
水滴賦予它輕微的晃動
講台上教授正講授知識與

解答，那道關乎愛的題目
獲得了一半的分數
室內一片和煦，而外頭
幾片雲輕掩太陽
神在窗戶上留下潦草的字跡
我將起身離開

像我這樣的待業男子

寫一封不署名的履歷表
寄到租屋網上隨手抄來的地址
開始一次生疏的自我介紹：
「您好，我想要應徵這間房子。」
條列命盤、八字、婚姻狀況（無法結婚）
檢附最後一張離開校園的票根
職務經驗的位置有三行可以填寫

曾任職一到二十三歲的男性
以及自我的兼職口譯者、筆譯員
希望待遇勾選面議，如果面試人員詢問我：
「請問你的希望待遇是多少呢？」
「一天可以有十六個小時讓我像我自己嗎？」

沒有專業證照，多益只有兩百八十分
比起英文，更想學習鳥的叫聲
中文能力精通，不，尚可而已
中打速度沒計算過，寫詩一分鐘
可以寫半行。其他技能專長只有一小格
剛好容得下兩個字：活著
一件事情做久了，不喜歡也能上手

自傳毫無頭緒，始終停在我⋯⋯
我是什麼？一對夫妻的一個兒子
一座島嶼的一個島民，還是地球
七六零二三三九八三一中的一人？
應徵教戰守則提醒我們
最重要的第一句話
要能抓到主考官的眼睛
我工作二十三年有資格吸吮他的眼球嗎？

「我工作二十三年以來，一直擔任男性這個職位
善於迎合社會的想像，有豐富的社會化經驗
我的父親也是一個男性，我遺傳了他的職位⋯⋯」

理想職務名稱要加上工作敘述

有良好交友關係的男子（貓不在乎老鼠）
作息可算是規律的待業男子（蛾比蝴蝶更適合迷路）
心智年齡還是孩童的男子（鳥在地上走路）
備註寫上：不會偷養比手掌大的動物
這樣我會握不住牠

把自己的名字用三種方式
寫在推薦人的底線上
連名帶姓的我，把指甲修到最短
只有名字的我，顴骨需要矯正
綽號的我，賣了喉結去買腿
面試人員打來徵信的時候
把號碼設為拒接，或者
和他說我最大的缺點就是

身為二十三歲的男人

人形剪影停在方框裡
上個月踩死的蝸牛的照片
分泌出黏液蓋住它
緊緊地攫住
成為新的一張臉
相片角落裡有誰遺落了鞋子
鬆開的鞋帶垂進髒水坑
每個看過履歷的人
都踩死蝸牛一次

把履歷表放進信封
不貼郵票、不密封

直接投到轉角的郵筒
那年你走失的男孩
在收信人的空位佔有一席之地

像我這樣的基隆人

場景：在男主角走過的第1813、9026、9006號道路上，舞台上空無一物。

（燈亮）

雨聲響起，作為男主角一生的背景聲，男主角自舞台右方上場，打著直柄雨傘，腳下穿著紅色的雨鞋，走到舞台中央開始唸台詞。

男主角：我討厭下雨，討厭媽媽叫我出門一定要穿雨鞋。

（語畢，往前跳，做出踩水窪的樣子，之後雙手向上伸。）

在透明水族箱裡，雨鞋使我游不起來，哪裡都去不了，媽媽說等長大才可以脫雨鞋，魚缸裡一成不變的造景在學我吐泡泡，我看著緩緩升起的泡泡，隨著我的童年一起破掉。（用嘴做出吐泡泡的動作。）

脫下雨鞋，將雨傘收起，背景響起臺北捷運列車進站的音樂。

我討厭下雨，清晨出門轉車到臺北上課，時常到臺北時發現雨停了，在晴朗的車廂裡我的傘用雨水下錨，寸步難行。（上課鐘聲響起。）

我討厭有人問我：「基隆是臺北還是新北？」。地理課不是都上過了？臺北的是台灣藍鵲，新北的是鷺鷥，只有黑鳶是基隆！（背景傳來老師上課的聲音：「基隆市是臺灣最北部的城市，古名雞籠，雞的籠子的那個雞籠喔！」）

我討厭我和別人借擦子（從右邊口袋拿出橡皮擦），他們給我一把叉子（從左邊口袋拿出叉子），我討厭他們和我借擦布的時候（從右邊口袋拿出抹布），不要我的抹布，卻拿走我的擦子。（東西滑落。）

男主角打起雨傘

我討厭每次同事問我要怎麼去雞籠玩，我都要一一回答從臺北來的一百種方法，以及他們需要的另外一種，那是被雨傾倒日夜的蝙蝠，每天的飛行路線。（空中垂下細長白布條，男主角張開雙手做翅膀狀，在其中來回穿行，白布條纏繞住他，男主角在舞台中央站立不動。）

我討厭下雨，基隆的雨是鱗蓋蕨，在冬日裡散播孢子，一旦落下，就停不下來了。整座城市像是一個巨大的盆栽，上頭的雨吸取養分生長著，下頭的植土卻從未變過。（將雙手再次向上伸直，假裝自己是一棵樹，而不只是一株鱗蓋蕨。）

我討厭這座城市用雨將我困住，卻又不真的使我無法離開。

雨聲漸微、漸弱，但始終不曾消失。燈暗。

像我這樣的通識課學生

鐘響驅趕滯留的人群
拎著饅頭夾火腿蛋，意外出席
一堂營養卻難消化的通識課
佔了畢業學分的必要之二
通識使我們不僅專注於本科
更延伸出蝸牛般的觸角：
洞悉未來（唐老師星座運勢週報時間）
全球視野（兩岸關係與東南亞局勢）

團隊合作（一塊餅分給四個不想吃的人）
饅頭啃了一半，教授才正要開口

低頻嗓音佔領了講臺
唯有睡著的人可以躲避催眠
報告的同學點開 YouTube 影片：
「大解密！哪一國的外勞最好用？」
是誰吃牛不吃豬，麻煩！
是誰拜阿拉應該自我約束，麻煩！
是誰定期思念遠方和親人，麻煩！
米漿的封膜被吸管戳出一個洞來
杯上的水珠凝結滑落

分組討論的意見如河流分歧

阿珍說河粉店的老闆娘來自越南
小筠說理髮店小妹是菲律賓來的
我想起阿嬤的看護叫阿弟，前年回老家圍爐
「哪會遮爾仔鬧熱，啊毋是過年。」
阿嬤轉頭喊：「阿弟，阿弟妳佇叨位，來陪我食飯」

爭執該誰請葬儀社，二伯推我母親一把
我正在上通識，無法擋在媽媽面前
「你的媽媽，我父親的媽媽，我的媽媽。」
阿弟坐著摺紙，四分之一的蓮花重疊成一束
遙遠的兄弟姊妹，要三反一正開起來才會好看
親戚們圍著火爐喊：「阿嬤，倒轉來喔！」
阿弟在旁邊看紙蓮花被風火捲走

台上報告的同學再次播放影片
將我從催眠裡喚醒再墜入催眠
吃剩的饅頭還是饅頭
米漿凝固的薄膜尚未揭開
下課鐘聲敲不醒熟睡的鄰座
離開通識課，回歸島嶼的一員
期末田野採訪時，會有多少組的同學
遇見阿弟？

像我這樣的義務役

雄壯威武。陽光將臉孔溶化
成面目相同的百人隊伍
整齊劃一的聲響
偶有一兩個走失的步伐
找尋自己

嚴肅剛直。迷彩服上的三線
與長官的視線標齊

將圍牆上剝落的石塊
揣在手心裡
無血的傷口並不明顯

安靜堅強。不發一語
躺在白枕頭上
聽床邊的人低語整夜
袖口的線頭在床板上
發明全新的菌種

確實速決。水從脖頸向下
撫觸肩胛到趾骨
白日的運動被抵銷
後面的就向前，向下的

就奮力摘取純金蜜桃
汁液流淌在白色牆板後
水流有聲

沉著忍耐。眾人分頭搜索
失蹤的練習用假彈
停止訓練
停止單兵作戰守則
扮演一個士兵
一個不是士兵的士兵

機警勇敢。手持著65K2步槍
彈殼自拋殼窗彈出
煙硝親吻槍管，像孩童親吻母親

一百七十五米的歸零射擊
人形靶上有孔
即使卡彈，也不怕膛炸
持續射擊，假裝自己
又殺了一個人

像我這樣的讀者

章節散佚的無名小說
作者不詳、主角不明，開頭寫著：
「人們將這種花蕊蜷縮
彷彿拒絕授精的植物稱為……」
最初的神，是先創作了繁衍
還是抽象的交合
將身體作為發聲的樂器
發明曲調一如祂創生世界

「他第一次知道這種花的名字
是在外語雜誌的封面上。」
而這並非外來種，在村落的荒野
文明的都市，無明的病態之花
唯有在黑暗之中，才能撇見
遲遲不敢綻放的花蕾
在悄聲低語竊竊，交換蜂蝶
餽贈的一點點生命

「當少年A以稚嫩、愛國主義般
肆意的愛拯救了我……」
於這餓鬼地獄之中，進食阻止不了飢餓
吃——沒有意義的連續勞動
動物的無恥本能，掃蕩一切可食之物

倖存的、殘餘的、僅有的
只是找不到料理的方法……

緊緊咬著，這汁液流淌的肢體
「血的腥味在他的口腔裡
蔓延開來，他不知道
自己嘗起來也是這個味道嗎？」
這難以名狀的甜美音樂
被樂器與吹手共享
音樂的詮釋無法超出演奏
演奏即是全部的意義
神手裡的筆，早已沒有了墨
而故事還在繼續……

「少年B從沒想過真正的名字究竟是什麼，他把A喊他的方式當作自己的名字。」

像我這樣虛構的人

新世代。二十四小時無人商店
再次開張，自動閘門鏡頭高舉
人臉辨識連接帳戶扣款，眾生驚嘆
這高上無邊的科技境界
播報角落裡，有人側身遠望
他想起那夜，在上世紀末
少年倚著傾斜的煙

投下硬幣，整個世界的回聲
自退幣孔中傳出，擦亮了
機器底盤縫隙一隊螞蟻的路徑

直達二十二世紀，資本主義的幽靈
蜷縮在博物館的一角：
「曾經金錢主宰了現代文明的運作
一切都可被代換成看似等值的貨幣
而如今……」疫病、征戰、金融危機
也蒙上了灰，和北極熊標本
遙望3D立體投影冰山
而館內無人，試圖從牠保存期限
未過的眼球中，瞧出一種僵直的善意

一種結實的敵意，從廣播喇叭
揪起耳朵：「洞六洞洞
部隊起床！」用以妝化床上假寐的
幽魂，在天光未啟的祭壇
舉起凶器（美制步槍自一九七六年
重新詮釋，在新世紀歸零
射擊，再歸零）單薄的祭品找尋神祉
扣動板機的手，有一部份屬於我

用指頭押花螞蟻。這馬龍車水的人
穿梭5G訊號電波，捷運上緊抓握把
虛擬的神移駕深藍座椅
城市跑馬燈來回播送，來自天堂的
招生廣告。到站、車門、開啟

機械人聲重複送出，請緊握、小心
即將關閉。過往那未被竊聽的男子
在未來多元社會揚起大旗遊行
進化高級保密手機

螢幕上兩眼瞪著，瞳孔分明
AI偽裝假人，替入場者規劃路線
商店裡貨架高潔，燈光美白鏡頭
生活由此自動升級。電視頻道切換
失業率、社會案件、世紀病毒
輪番上陣，遙控器攪動腦波
癱坐單人座沙發，下班到家的軀體
秤斤秤兩地接收惡意（以及一定劑量的
善意）臉書轉發遠方消息

平價蛋糕頂著草莓鮮甜
讓時代被蛋糕叉分開
我們逢人就說，最壞的時代
已經過去了……

輯三

押花的生長

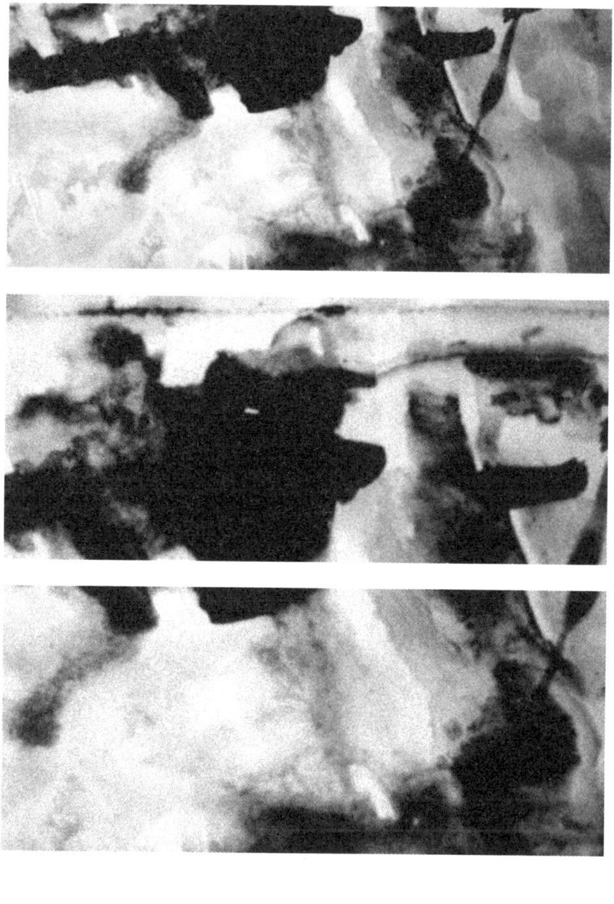

你如何成為一種可能的信仰

親愛的查理，我們不談論
形而上的哲思，拉開小圓木桌
席地而坐，探討生活的意義
以及無意義，為喘息與肉體的痙攣
屬於發聲的器皿、雙簧管手
亦或是敲動的鼓棒例如愛
舉辦為期三日的學術研討會

（主題訂為亞洲宗教與性愛的禁忌）
在開場人致詞、茶敘、專題演講時
試著發言而始終沒有機會

親愛的查理，我們不談論
生的原罪，回歸形而下的難題
推回圓桌，布置木椅、餐巾墊上
以一碗牛雜麵替代牲祭的牛羊
赦免每日未竟的公事、過於茂密的
梅雨季，晾了三日的衣服遲遲未乾
像是在室溫中乳化的奶油薄餅
唯有發泡的啤酒，概括酒的所指
（麥與葡萄的差別在於你不愛葡萄）
冰鎮我們瘀血腫痛的生活

親愛的查理，我們不談論
縝密而單純的神學課
那些信神的人，比你我
更憂慮於我們可能的死亡
（在婚姻謀害愛情前緝捕到案）
我並非教徒，是膚淺的文藝愛好者
只能下一行淺白的註解
「顛覆經典，為後現代主義特色之一」
闔上聖經，想起你曾說過
其實信仰，就跟愛一樣……

告別

用玫瑰作為火種
焚燒田納西森林的麋鹿
鹿角橫躺在草原
白骨堆疊以一種啟示性
巫術、祕語以及煙霧
密謀上世紀的狩獵

在火繁衍之後
暗藏一塊鎖骨
我們的文明已成廢墟
只剩斑駁的屍骸
等待昨日再一次降臨

吟遊詩人帶來預言
在玫瑰與薄荷間選擇
在過去與未來間游移
前進與後退同時發生
旋轉彼此一生

回到焰火所聚焦的瞳中
與鎖骨許下約定

待玫瑰盤繞出荊棘花園
行旅下一座森林

忘記帶傘

你熟知天氣預報的重要
在每個將雨，而未雨的日子
隨身攜帶雨傘，一把全新
剛好吻合影子的

雨傘。大雨將落
看著在雨中奔跑的孩子

你知道不同，不怕雨的人
不是你。一滴雨打在臉頰

緩緩打在傘布
一個人走在雨中
聽雨的聲音像是有人
在對你說話
要你淋濕自己

天氣預報有時失靈有時
忘記帶傘，一場大雨
連眼睛都被打濕
那些從未淋濕的人問你：
「為何不帶傘？」

你想起家裡堆滿的雨傘
再也發不出聲音

我想在昨天殺死你

滿天的鳥鳴
在循環之中沉沒
沒有看見光
能算是聽見嗎

黑色，我是說
聲音成為唯一的方向

愛在這裡失去它的音節
我是說
你願不願意賣給我
比如說

時間；比如說其中一隻眼睛
騙我左眼是太陽右眼是冥王星
騙我，就被騙
心安理得理所當然地被騙
是不是一種罪

我想你殺了我
這個念頭會不會顯得我淫蕩
會不會派遣大使將我抓走思想改造

想你殺我
在我殺了你之前

想到鳥鳴
本來沉是一種隱喻而現在牠們真的停了
牠們都回家了還是結束在空中
沒有聲音
我討厭聲音

有些時候你看窗
把整個世界都關在外面而你
是唯一自由的人
那些和你一起被關在這裡的人不自由
那些在台上講話的人不自由

唯有知道鳥鳴會沉甚至會升起來的人才是自由的人

我想殺了你
狠狠地在昨天殺了你
用盡我所知道的每一種方法殺
讓我知道今天你出現在我的面前
究竟有多麼神聖不可侵犯

我還不必要你

今日，我在太陽熄滅之前看見月亮
淡水河浮起萬千蛇鱗，太多的眼睛、太少
的蛙在歌唱，蛇一秒比一秒老，沒有人
成為嬰兒。一個孩子走在路上
沒有兩雙手甚至
失去僅有的一雙。街燈在六點整亮起，此刻
我還不必要你

在空中飄動的海。淡水這號天
骨架和風是一支無可名狀的單人舞
權充和聲的雨——不斷延續的不協和音
壓迫的19號弦樂四重奏落幕
在昨日。裸露的潮間帶上
單有一隻夜鷺的部隊，意外戳破

三張夕陽的鏡頭。星期日的月
有條小徑，通往不被遭遇的時間
鑲金的鱗片在夜晚裡起皺
摩擦無人堤岸，一張
薄而透明的蛇蛻，能否痊癒
我們可能的風疾？

以新的身體重新面對世界。新的一日
月亮不等分地剖開，誰看見了嗎？
星期一的月光、一張被拋棄的蛇皮
還有一對裸體的手指。
三月的陽光並不溫暖，此刻
我還不必要你

我還必要你

今日，我在月亮燃起後看見白晝
沒有鞋子的腳，一整天的路踩在上面
動彈不得。像無足的蚯蚓找尋前進
或是後退的方法，在記憶的魔術表演中
腳的單位倏忽即是而
我還必要你

投射在舞台上的光框
彼此交錯，框住舞者隨即又解開
鄰座的女孩低聲和我說：
「我見過你僅存的袋獸的夢。」
聽完了就醒，表演結束了就離場
空蕩的舞台空有一人的觀眾席

偌大白獸，杵在眾人的邊緣
卻彷彿剛好命中紅心
兔身散發出的孱弱微光
持續點亮了碰觸到的黑暗
你說，會不會有數兆螢蟲伏在裡頭
預防它失去光輝？

以舊的身體重新面對世界。新的一日
當陽光奪回白晝的名字，被褫奪的星
掛回天空，誰看見了嗎？
赤足的腳，月亮膝蓋，夢的殘渣
一盞醒了又寐去的街燈
在無所事事的十月
我還必要你

周林——一封交不出去的信

（上次和你說，生活是一頭蟻獅使我陷落
如今這比喻卻成真了，蠶作繭是為了飛
而我避居室內，連繆思都要接受隔離
有詩的日子漸漸少了，不如就寫一封信給你
從相遇之前就開始構思）

你好嗎？氣象預報又亮起了紅燈

衛星雲圖上，一張白色桌巾撲向島嶼
對坐海峽兩側，在風沙更盛的北京
一切事物的表象都被混淆
你立體的五官是開是關，一句我愛你
都吹散在大風中而

遲遲等不到回應，我下手溫吞、緩慢
連進食都有慈悲的模樣，你說這是海島的氣候
水霧驅散蒙古的沙氣，只餘殘黨零星
不似北京胡同巷弄裡，不是你死
就得穿越三環去寫字樓打卡上班

記得第一次拜訪，你母親準備了饅頭
和些許雜糧，怕我吃不慣重慶的地道
我說我真的怕，但又好喜歡

後來去了洪崖洞，重建後的古蹟貼近了想像
解放碑立在商業中心，過去的歷史
和現在的歷史彼此競爭，使景物
都起了毛邊，群眾站在上面
壓平一切，而我一個人站在廣場中間
唱跑調的歌、寫二流的詩、過一種風流的命
如果有下次，我們一起去渣滓洞看看

北京的太陽在八九點鐘亮起
一名紅衣主教背對離去
宣武門天主堂上的那幅匾額
萬有真原在大火中燒去
圓明園的荷花是不是開得正烈
替我拍幾張水面的倒影，看鳥划過

聽說冬日裡麻雀膨成球狀保暖
你見過嗎？我陪你去過一次故宮
你也陪我去一次好不好
在空曠的紫禁城裡，向路邊小販
買瓶泡泡水，讓大風颳起
一隻長尾水青蛾就這樣飛回台灣

但現在我還在這裡，沒有離開
也無處可去。惡疫在街頭流竄、施虐
忐忑如警戒線封鎖城市與
愛，信心和意念節節敗退
（點開螢幕，舉起通話鍵投降
卻遲遲拿不起……）
後方只剩這一紙薄薄的信了

周林，我若是5％的壞人
也是一名真摯的敵人
為你書寫一封繁體字的信
愛與爱兩種寫法的區別不過是
心在我這

海邊的人

並肩坐在大海面前，浪潮拍打堤岸
細小的水花濺濕了話語，沉默並非此刻的天氣
手掌交疊而不緊握，親吻而不閉眼
黑暗很深，適合藏匿東西

比如最後一口未抽完的菸
兩顆蛋的斑鳩巢，或是白天的山。

耳朵貼齊肩線，過於保守的禮物
亟欲揭曉：「海的另一頭

有一座光明的山城。」即使是現在
我也能在黑暗中，臨摹城市的線條與色彩
你的臉，或開或闔的五官
視線所不及的，就靠阻礙與摩擦

而海聲終究是不會停的
有機車呼嘯而過，車燈劃開了帳篷
年輕男子女子們的馬戲
世界上僅存的笑鬧聲

石椅的冷慢慢爬了上來

等待了整夜的黎明尚未降臨
但什麼也不用做
光是等待，就是全部的努力

這樣很好

我很想你。詩是幻術，在最短的文字涵蓋最大的意義，那我的時間是什麼？

在這短暫短暫的時間裡，我很努力地找尋空隙，盡可能吃飯、睡覺。

而什麼是可能？問題在我周身具現、盤旋，我不斷問自己，可能嗎？明天可能會下雨嗎？越過這片平野還有風可能嗎？整潔的餐桌有成套的餐具可能嗎？

在瑣碎的時間被瑣碎占據，我睡不好。

可我還是想你，想知道你的白天跟我的是一樣的嗎，你的黑夜有我的顏色嗎，每天你途經的風景，即使是再平凡不過的馬路，都是有意義的，我想你沒有發現。

我不說晚安，晚安是結束；我不說早安，早安是開始。我說水、聲音、跳動的、線條、貓頭鷹以及狗。我們都學過文本分析，你知道我在說什麼，如果不知道，至少你看過了。

昨天夢到一個人陪在我身邊，醒來後一直想不起來那個人是誰，這樣很好。

野薑花與獸

野薑花的輕香，自我的桌沿
緊握紙筆的指尖攀爬而上
走過指節、手腕上幼時斷去
又接合的痕跡，慢慢向肩頸咬嚙
誠懇的吉獸，用利牙、尖爪
劃開血液的容器，讓輕香
雜混腥味，嘗起來苦澀，只是碰觸鼻尖

身體就想起空的銀盤。沒有頭
也能托著，讓耳朵貼緊盤面
苦聲音、黑噪音、沙啞少年
隨著半枯花瓣，低垂，沮喪
並不掉落

自右肩，躡步走向左肩
肩胛的疼，再一次由身體之外喚醒
零星獸毛，自沾黏之處長出
裸露膚肌露出牠孩子的氣味
甚至，落在木質地板上
未收的衣物，也緩慢攤開軀體
讓足跡臨幸。拇指與食指握著細毛
鑷子般夾緊、抽起、夾緊、抽起

扯掉、長出，遲遲未完的遊戲……

還在繼續。野薑花的味道
在鼻腔中消退，一點點的麻木
讓輕香失去了嗅覺，像是代價
或是交換，想像的花朵
霸佔著視線，視覺所能觸及的
唯有白花，以及花叢間若隱若現的獸

發出低吼，四散的軀幹
還剩下多少？從未斷過的左手
死者般歪斜的顱骨、僅因步行
就滾滾發燙的足腕，被牠食盡
也並未食盡，牠置之一旁，放棄的血肉

無法如草本植物，在花葉輪替之後
重新長出，重新被觀看
獸用鼻尖倚著那些傷口
像是在親吻牠的孩子

這無盡的遊戲，連最最古老的技藝
也難以從中找尋訣竅。鮮花與獸
豈止是圍困在這小小屋宇？
那種輕香，獸的氣味，生命的腥
被一嚐再嚐……
扯落的白色花瓣，襯著獸毛
良善溫馴的獸，遞出一則真實的預言：
「死亡緊緊相隨在回望的剎那。」

我想告訴你的第二首詩

「不是我們見證詩歌，而是詩歌見證我們」
——切斯瓦夫．米沃什 Czesław Miłosz

假如能用一首詩呼喚
你的名字，在光明的連續夜晚
我與黑暗對坐，心懷愧疚地喊著：
「吉貝貝」言語因心緒而微微
顫抖，等待早晨如繆斯的手
牽起我，以時間與餘裕交換——
我們僅存的餘地

首先是往昔。一條筆直的林地
滿佈插曲，押花在周圍生長
天真的蜂蝶懸在空中
傍晚與黎明一同被書頁記載
你逡巡著，翻動著，探查地面
蟲影交疊成的符號
逆行星球，燃起野火以處心
以積慮、以一顆吉貝貝的心
哀憐的五官爬滿表情，柔軟是蜜
不經意就充滿了螞蟻

當我一個人的時候，就像此刻
朝著面前喊：「吉貝貝」並非是
單純思念你。在闃黑的洞窟

沒有光線可供撥動，沒有琴弦可供
歌唱。我們緊跟對方
亦步亦趨，路途將盡，光明乍現
有人低聲呼喊
奧菲斯回望歐律狄刻
景色崩解，碎裂，殘影無限延伸
萬物因此消逝
我並不同情

打開窗戶，天明撩撥黑夜的邊界
將一切當成流動：光、黑鳶、僅剩的
雲朵散去大半，樓下的公園無人
迷離，雜草生長，鞦韆靜止空中
昨日的河注入今日，倒影全部世界

愛是傷財的勞作，向臆想
與未來借貸、賒帳
如今我籌碼盡失，全盤皆輸
注定的繆斯不會來了
不再仰賴夢兆、占卜
玩一場永遠年輕的遊戲
時間與記憶在我們緊握的手中
流逝而無須同情
吉貝貝，請你呼喊我
我不會回頭
吉貝貝，沙粒在我們緊握的手中
成為珍珠

輯四 室內寫生

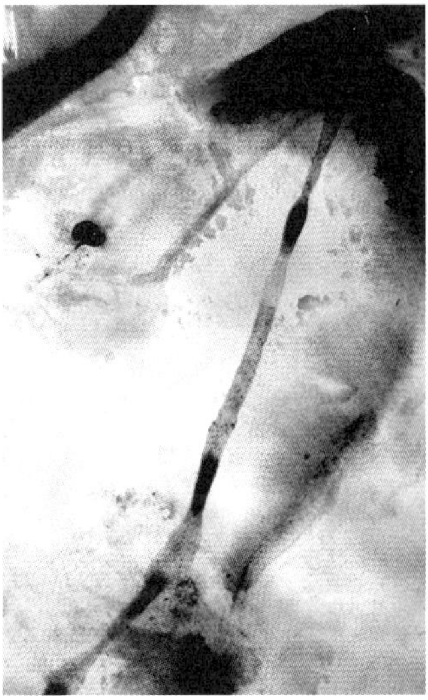

生活

喜歡看海在你身邊
一如往常的模樣
平靜的像日子
取消了波紋

田間小徑

雲朵壓低了步伐
霧一般走著

叫聲是綠色的葉
站立著一整排孔雀

鑿過左彎的歧路
一對牛的琉璃珠子

遠處的鳥吼聲
挨著田溝聽

幾隻壁虎跟我說話
快要聽明白了

白晝的星星在看著
那是誰的眼睛

一直走同樣的路
想要迷路在小徑裡

收藏的園藝

將圓鍬鏟子搯起帶走，一小罐熟悉的土
發過芽和無法發芽的種子
都收進手心成為立體的掌紋
手上的繭等著破蛹，晾乾翅膀
飛向下一座待興的城
用舌頭檢測土質；用耳迴賞花
提早的雨影響了這代代相傳的技藝
凝滯的水塘，張開世界的眼睛

而我一無所見

住民笑語如常，依舊是瘦的模樣
午茶的瓷杯上花葉易碎，汲取詞語的表象
擅長打破與刮傷，突然思念起母親
親手種死了每一株桂花樹

半裸的花，粉狀的求生意志
被割傷的蝴蝶原路折返
回到我的手，揭開當初破蛹的撕裂
路過的幽靈一語不發
見證生命以一種倒退的方式向前
樹木求偶時發出聲音，低頻的震盪

被鳥啄一分為二，枝頭結出果子
摘下它，阻止它的腐爛與新生
保持汁液與回聲，暫停死亡的鐘
將時間凝結於此
即將失傳的收藏的園藝

清除體內的淤泥，將每一朵花的名字
壓成明亮的溪流成為血管
冬天的靜脈、夏天的動脈，兩條管道
為時代肆虐的熱病
找到解方，攤開鏟子恢復泥土的光明
暗藏著最後一顆無名種子
是我真正且唯一的收藏

記憶成像

死的十字
架在每個人背上
它陰影狹窄
擋不住太陽的錨
將天空定在肉身之上
一個人就是一座蜃樓

記憶虛幻了家宅
童年的老公寓
還立在陌生的老地方
正午只留給它很小的位置

以為是古老的攝魂術
一滴眼淚
終究無法拍成一張湖泊的相片
一個人的一生
總有幾張想拍成綠洲
卻拍壞的自拍

太陽落下
拖著全世界的影子

長過街尾的雜貨鋪
隔日的黎明也許會遲來
也許不會

九月

「窗外已是九月，一個被催眠的人／在過河，被催眠的桌子，在河裡漂著／去年這個時候，我寫過一首簡短的詩」

——于怒〈對一首舊作的干涉〉

九月，秋天正要開始演出
梔子的香氛在林道間鋪展餐巾
野漿果、小蛇莓、懶陽光
都是午宴的一部份

在登山口的我，在山道盡頭的你
對坐漫漫長桌的兩側
金屬刀叉碰撞
樹木的年輪吸收聲響

鳥鳴以山的起伏調音
太多話想說，於是無話可說
潘編織的霧網羅話語
水氣凝結在側臉
滴落白瓷餐具的裂縫上
滲透無法觸及的深處

已是去年九月
一場延續了一整年的午茶

還在繼續
一張桌子漂過河川
整座森林都浮起
相隔太遠，目光在餐具間閃動
你是否與我
一起在舞台之上

讓一切如催眠般移動
無法結束的演出
不須終結的愛
我日夜鍛造臟器
那不毀的心

海島漂流

每天我從海上醒來，在這四坪的島上我常在想，什麼是韋奇伍德瓷藍？我日復一日思考彷彿就快要得到結論，一個那瓦霍白的答案。癱軟的掛鐘持續轉動，當指針劃向鼂綠條紋的數字十二，小島也已經著陸。

在陸上在這個國家裡，我進食、勞動、移動、說話以及和不同的人說同樣的話，說一些大雅無傷的霧玫瑰色俗諺，那些俗諺在沒有光的地方看起來像。瓷綠的草樞機紅的車軌幽靈白的磚瓦在城市的角落裡滋生，在沒有光的地方看起來像。而周圍椰褐赭黃橄欖綠勃艮第酒紅的屏幕，用以抵擋日光的照射及反射，在沒有光的地方看起來像。有時候著迷於思考愛麗絲藍跟庚斯博羅灰誰更合適擔任主持，不小心向同樣的人說出不同的話，那些話一脫口便像一滴顏料落在池中，擴散在空氣中化散、消失，而我又必須開始思考消失是纈草或灰金菊，還是薊紫。

而當指針又劃過鳧綠條紋的數字七，我回到小小的四坪島上，繼續以漫無目的做為目的的航行。極濃海藍的平面。天青石藍的弧面。燃橙的裡面，像音節一樣困惑，在沒有光的地方看起來像，像什麼？我終日思考依舊不知道什麼是韋奇伍德瓷藍。

但我知道什麼是顏色。

純金打造

街巷光害成災
宇宙傷口逐漸癒合

忍住手裡的小刀
讓光明保有它的鋒利
黑暗選擇了接班人

匿名投票表決
放逐那手工藝者
解散毛線、拼布、碎紙
血珠串起掌紋
被神撥動
星球四處零散
等待重新編寫故事
明亮的後裔
下一輪盛世的待辦清單

無人見過的神
也有紙質的雕像

在大火之中
燒紅了鐵

這是耗費一生
純金打造

馬戲

路燈拉起帳篷
飛蛾的馬戲表演

雨水盪起
影子接住午夜

接著一次

又一次拋接
牠定在半空
將整個世界拋起

登山慾

陽光如一隻水鳥掠過溪流
我們沿著山壁，逆著流動的方向
向源頭而去。一把老獵人的彎刀
開啟了久未人經的山道
鏽蝕的鐵鍊有咬人貓伏在背後
抓與不抓都同樣危險

陽光如一隻黑鳶在頭頂盤旋
有男子的戲水聲自溪上穿透枝葉而來
黝黑的膚肌被溪水打量
散發出與蛇莓相反的氣味
一滴汗水從眉間滑落
沒有降生的神牛
我也要去偷他們的羽衣

陽光如一隻麻雀棲在樹梢
涉過山泉、坍崩山徑、青苔石頭
肉體與靈魂的距離被陽光縮減
一群嬉鬧的男子絲毫沒有注意到
我從他們的頭頂涉過。
健壯的肌、肥美的體、日的宴饗

在此刻成為一種鳥的名字
勾引著我向山頂而去

陽光如一窩被一網打盡的鳥
攀下裸露的岩壁，溪流映著赤裸的我
水流如針，一針針穿過我手臂的燥熱
腳踝的起落，縫起它所能碰觸到的一切事物
譬如山、時間、雲朵、我的身體
以及勃發的男子們
所發出的笑聲。

仰躺在平坦的溪面之上
我試著發出啾啾的聲響

等待繆斯

我沒見過繆斯。通往排水孔的漩渦中
一小撮陳屍的髮，她有著雲母的頭髮嗎？
離開黃昏的瞬間，一切由明轉暗，有一個影子
吃下整座城市的夜晚，她的臉頰上有日日櫻嗎？
光線穿透圓框眼鏡、凸眼金魚的水缸、波紋的
雪紡長紗裙，光線會受阻於一對修長
且健壯的小腿肌嗎？苦楝落了一地而

氣味——生命死去的芬芳挾持我
繆斯是不是恰好經過了這裡？

我從沒，從沒見過繆斯
她此刻正在我門外來回踱步，沒有敲門
我知道，她從不自大門進來

很久以前

絲的夜
穿過手臂
踏板上的腳掌
被花蓮弄鏽的一輛單車
苦楝在轉角

家門前最後一個路口

路燈很遠
光的守備遠到剩黑
纏繞著身體的
一絲氣息

軟滑的肌膚
霧中滑動
整個世界因水氣而
迅速老去
枕邊的苦楝
衣領是白色

早晨的陽光揭開了幕
記憶是木生
根長葉茂

虛構：大風雪

一場公平的雪
均勻地落在你我僅存的
間隙之間（什麼地方積滿了雪？）
雪是冰的，空氣是涼的
肌膚的溫度在上一秒消散
想起季節，在不具名的時刻
被偷偷調換

不曾聽過雪的聲音
落在擱置已久的記事本
該赴的約、該完成的工事
一張出境和入境的戳記
走得太快（還是太慢？）
混淆了記憶與遺忘的路徑

像是在季節裡迷失的候鳥
以為追尋南國、棕櫚樹與日光
就能抵達更好的明天
雪落下來的時候逃離
不是逃離了季節
是逃離了我們

一場虛構的大風雪
過境我們一如往常的生活
試著在雪融之前
下一場虛構的大風雪之前
成為彼此
最靠近春天的地方

虛構．．地圖

每天行經一座陌生的城市
記得通勤往返的路線、附近小巷裡
不為人知的美食，熟知百貨公司
各個檔期的主打商品
記得幾條路名、觀光客必去的
十三個景點，離租屋處步行十七分鐘
一座寬闊綿延的河濱公園

記不得整座城市的歷史
從何處開啟ＤＭ的扉頁，用哪一種紙質
裝訂起一本名為自我的書
像是搭上一班目的地不明的列車
等著在任何一個風景下車，像是個沉默的斑馬線
不知何處是前面（正面的背面是反面嗎）
不知道抵達的一百種方法
以及另外一種。想像一種異國的口音
使唯一的母語失靈，想像記憶
是語言的一部分，一隻斷水的筆
寫不出任何字。或許不需要想像
站在嶄新的街道旁，每一個街口
都是新生的孩子，路過的人一一踩過
壓腫了他紅潤的臉頰，又有哪個人

願意教他說話？（試著發出聲音）
每天行經一座陌生的城市
如果繞了一圈回到原點
佇立在十字路口的中心
手上拿著一張虛構的地圖
會寫著這座城市以及
我的名字嗎

虛構：房間

唯有一把將要折斷的刀
白瓷磚、有刻痕的白瓷磚
可任意揮霍的黑暗
空空蕩蕩，容得下一個人
以及可能的第二個
用手與牆面對話，刻痕上下豎立
一撇向外低垂，像是垂臂歇息的人

指尖向上，線條交錯成魔怪面具
左右兩側，是向下揮動的牛尾
分不清是人是鬼，還是離開的鑰匙？
分不清刻痕，與刀的心意

除了房間，不曾抵達其他地方
沒有門，鎖跟鑰匙也失去意義
一扇高於視線的窗，只剩下窗的意義
白瓷磚少了五片，刀斷成三截
恰巧用來卜卦，將刀片放在掌心
吹氣，搖動，擲，觀卦，風地觀
「觀，盥而不薦，有孚顒若。」
沒有酒，以劃破的手指替代
沒有薦，以折斷的刻刀替代

卜文契刻了一半，刀又斷成四截
在擲的瞬間，放棄剩餘的線條

明明有窗，光卻不曾經過
唯有一把折斷的刀
白瓷磚、有刻痕的白瓷磚
可任意揮霍的黑暗
空空蕩蕩，容得下一種信仰
以及可能的第二種
用手與牆面對話，刻痕上下豎立
一撇向外低垂，像是垂臂歇息的人
指尖向上，火焰向三處岔開
左右兩側，菸灰落在臉上
暗的極端也是一種冷

如果有光
如果在此刻離開了房間

流動的雲是風從八方吹來
鼓動的泉是水從石縫流出
身處房間之中，以線條為萬物命名
像是初生的嬰孩，以符號造物世界
召喚刻痕與刀的心意，在這曾屬於他人的房間
拿起自己的刀劃過牆面
一痕一痕，聽金屬與礦石摩擦的聲音
想起刻痕的前面還有刻痕
一把斷成四截的刀，來自無數個刻字的人

（我與自己在此端坐

試圖製造門，在房內任何一個
刻痕，摩擦線條摩擦
鑿穿壁面，讓所有暗藏的心事
透光如一扇半掩的門）

虛構：花

一枚看不見的種子落在
島嶼一角，費盡兩次心神
使花誕生於浪潮將抵之岸
一朵虛構的複形的花
在灘上翻滾，與海迴縈環繞
偷走摩擦的記憶

呼喊花的名字在記憶裡
語言被鳥侵蝕，在風中消融
如一場過於瑣碎的雪
不斷融解、落下
輪迴花的名字，用一次次

吶喊。有時聲音不只是符號
當我們開口，神祇降臨於此
「蝴蝶蘭的撲翅聲
自奇萊的森野傳來
在遠方的風暴發生以前
流進未知的冬日」
但花還是花，沒有任何一朵花
成為鯨豚；沒有任何一個灣岸

站成歌。你聽浪聲
晃動時間，在暈眩和清醒之間
汲取零碎的字，讓詞語演化
所有的名姓我們呼喊
讓溪成為浪潮、飛禽成為紅鶯
身處想像的獨木舟，靜靜地
等待浪潮

赤足走過滾燙的沙灘
心懷盼望，用不同的符號呼喊
花的名姓，一朵虛構的複形的花
開在浪潮將抵之岸
成為此處的名字

虛構：指節

你幻想出的手，有著虛構的十四節指節。於是你開始寫，在紙上寫、在日子裡寫、在每個同樣來臨卻完全不同的投影裡寫，在眼前建構出一個立體的神的世界。

只有雨無所不在，在這裡你能控制一切，除了雨。雨找到了繁衍的溫床，它們在這裡覓食、築巢、繁殖，讓世界布滿雨水直到連時間都顯得潮濕，失去流動的速度，變得越來越慢，越來越像你。

連指節都被泡爛，明明是虛構的，怎麼會痛呢？水尚未退去，你還是你。

整個世界過於白色，一種無限卻有限的開放，你覺得倦，這個世界使人溺、使人上岸、使人不再嚮往水，從此都在岸上。

其實你都明白，身處岸上一樣在水裡，輕輕劃開水面，波紋從中心開始擴散，一圈圈的漣漪彼此碰撞、消失，在水裡你還是你。

虛構：故事

我們在黑暗中前行
前行至虛構的夢
和更多虛構的黑暗

前方充滿危險
黑夜的龍吞吐黑夜的火
火虛構燃燒

燃燒虛構
使虛構成虛構的虛構

危險在前方吞吐
前行是虛構的火
虛構的龍吞吐虛構的火
前方充滿危險
我們在火中黑暗

虛構・船身

靠近海的日子
在日記裡堆疊、累積
構築成一封薄信
向途經的旅人訴說
所有的空間於此
虛構的船身
都是多餘

我是此處的船員
遲遲不肯出海，而終日恍惚
日日置身海的一側，紀錄困惑
所組成的盤旋鳥群
將牠們逐一分類，各自安放
於紙頁的一角
任憑海的意象隨處再生
任憑自己不斷提問而
得不到解答

海霧侵襲日記的扉頁
上頭的字跡漸漸模糊
「我所耗費的等待
都是以後」

靠近海的日子依舊
在虛構的船身裡
被記載、詮釋、超譯
在駛出陸地之前
我的船身只能是虛構
虛構時間、虛構問題，只剩自己
在晃動的波光以及
船身半透明的倒影中
辯證沒有解答的提問
都是答案

後記

卻沒人明白
什麼野心或者雲
值不上交託的愛。

——塞爾努達〈有些身體像花〉（汪天艾譯）

我一直在想詩人第一本詩集的後記應該寫些什麼？應該談談詩是什麼，但就像波赫士說的，在你問我詩是什麼之前，我是知道的。或許能用各種象徵、隱喻來談對我而言，詩是什麼，但有人曾對我說過：「語言不是裁判，時間才是裁判。」意義需要用時間來證明，語言可以暫時偽裝，所以比寫詩更難的是做一個詩人，我到現在還在思考這句話的意思。十年夠長嗎？寫詩至今超過十年，詩人早慧，以我的年齡來說，十年並不算太長。這本詩集中收錄的詩橫跨我的創作生涯，前幾年覺得不夠完整，到後來錯失幾次機會，一路拖到現在才出版，這是一本遲來的書，有太多猶疑在其中，這些詩不夠青澀，也不夠成熟，帶著尷尬的神情。

或許談談寫作的意義是什麼？有次接到幼獅文藝的邀稿，當期邀請了幾位年輕創作者，提出自己對創作和文學的疑問，當大家認真探尋文學的本質時，我的疑問卻是情詩可以寫給每一個人嗎？情詩可以只寫給一個人嗎？如果愛比文學重要，那我要放在哪裡？

到底什麼是重要的？像是一個古老的拷問，如果「寫作」是可以交換的，你願意用它去交換什麼？卡瓦菲斯在〈伊薩卡島〉寫

「當你啟航前往伊薩卡／但願你的旅途漫長，／充滿冒險，充滿發現。」（黃燦然譯），最令人著迷的不是奧德修斯那氣勢宏大的史詩景觀，而是卡瓦菲斯一句「但願你的旅途漫長」，如此哀傷卻溫暖，如此悲觀又樂觀，消逝的時間與經歷的過往一去不返，我們徒勞追尋，才發現它們在身上留下了痕跡。如果文學可以交換，讓我們在腓尼基人的貿易市場議價，但我的過往是無價的非賣品，而寫作也包含其中。每當我讀卡瓦菲斯的詩，總會想他是如何度過那些日子，在政府機關水利局工作，深入簡出，自己刊印薄薄的詩冊供朋友傳閱，直到死後才出版了第一本詩集。當他下班後走在亞歷山大的街道上，抬頭望向遠方，幾株細瘦的樹木虛掩著景色，太陽正要落下一如過去的每一天。我或許也會過上這樣的生活，而我是幸運的，讀到了他留下來的詩。當他望向鏡子裡衰老的五官，臉上帶著什麼樣的表情？我想那面鏡子有一天也會映著我的臉。

或許談談童年？小時候流連在住家附近的租書店，偷偷租不被允許的漫畫，我第一次知道米洛的維納斯，是在青樹佑夜原作、綾峰欄人作畫的《閃靈二人組》裡，漫畫內容是由天野銀次、美堂蠻兩人組成搭檔，專門幫助他人奪回失去的東西。其中一篇講述一位新宿毒鴞找到了米洛的維納斯的雙臂，委託人不希望人類思想的結晶被暗自收藏，於是花重金委託主角兩人組織龐大團隊，在歷經三集單行本的戰鬥後，主角天野銀次一時失手，將好不容易奪回的雙臂沉入海中，而委託人卻同樣將款項結清，他說這樣就永久地把維納斯奪回來了：「只要它是想像中的女神，那它的美，就永遠不會褪色。」這幾乎是詩，人的想像比現實更可靠，寫作是為了找回維納斯，還是失去維納斯？

雖然在現代科技的協助下，已能推測出「米洛的維納斯」是紡紗的動作，左手高舉牽引著紡紗錘，而右手則是拿捲線桿在拉著絲線，希望維納斯永遠缺失雙臂的想法是自私的嗎？我也偏愛編織這個象徵，因為詩歌本身就是一種編織（結果我還是用了隱喻來談詩），將文字與聲響、意象與意義紡成紗線，再將各色的線紡織成詩，詩是潘妮洛普手中的紡錘，在白日編織，在夜晚拆除，等待完成的一天。

或許談談書名？去年國藝會補助通過後，每個人見面就問我：什麼是哀仔？問我是不是要用台語唸？其實哀仔就是哀仔，一個哀傷的人，是我，也是生活在這時代裡的人。我不是一個信仰堅定的人，我總是在想創作能改變什麼？能做到什麼？不斷對自己提問，卻很少答案，只能一直寫下去，我總感到哀傷與同情，所以寫詩，對所有我經歷的事物，對經歷這些事物的我，我同樣感到哀。但哀不是終點，我們懷揣著小小的火，找尋生存的縫隙，心靈的力量使哀得以不傷，使每一個哀仔得以存活，我們都是無能無力無奈卻沒有放棄的哀仔。

《哀仔》原先的名稱是「浪漫主義狗崽」，是致敬博拉紐的詩集《浪漫主義狗》，而我加上了「崽」，崽可能幼小、可愛、脆弱，但因此更能同情他人，是一條溫情的狗崽，牠有一天會長大。

崽最終變為仔，幼獸幻形為人，他正要起身開始旅程，但願他的旅途漫長，充滿冒險，充滿發現。

謝誌

謝謝家人願意支持我的選擇；謝謝淡江大學中國文學系在我懵懵懂懂時對我的照顧，謝謝黃文倩教授一直以來的叮囑與鼓勵，還記得老師在詩社導讀的阿赫瑪托娃，那是我第一次用開放的心態接觸翻譯詩；謝謝須文蔚教授在東華大學華文文學創作所的指導，讓我讀了很多原本不會讀的書、寫了越來越知道缺點在哪裡的詩，兩週一次的研究生小組Meeting，從七點到十一十二點，結束了就依著東華發聲的森林散步回家，走了一個小時的路而唯有到家前的一小段黑使我害怕，在眾星現身的花蓮夜，是不是也發出了一點自己的光芒？謝謝吳明益、張寶云以及東華的教授們，讓我知道文